AF328259

INVENTAIRE
e 18,739

Y+

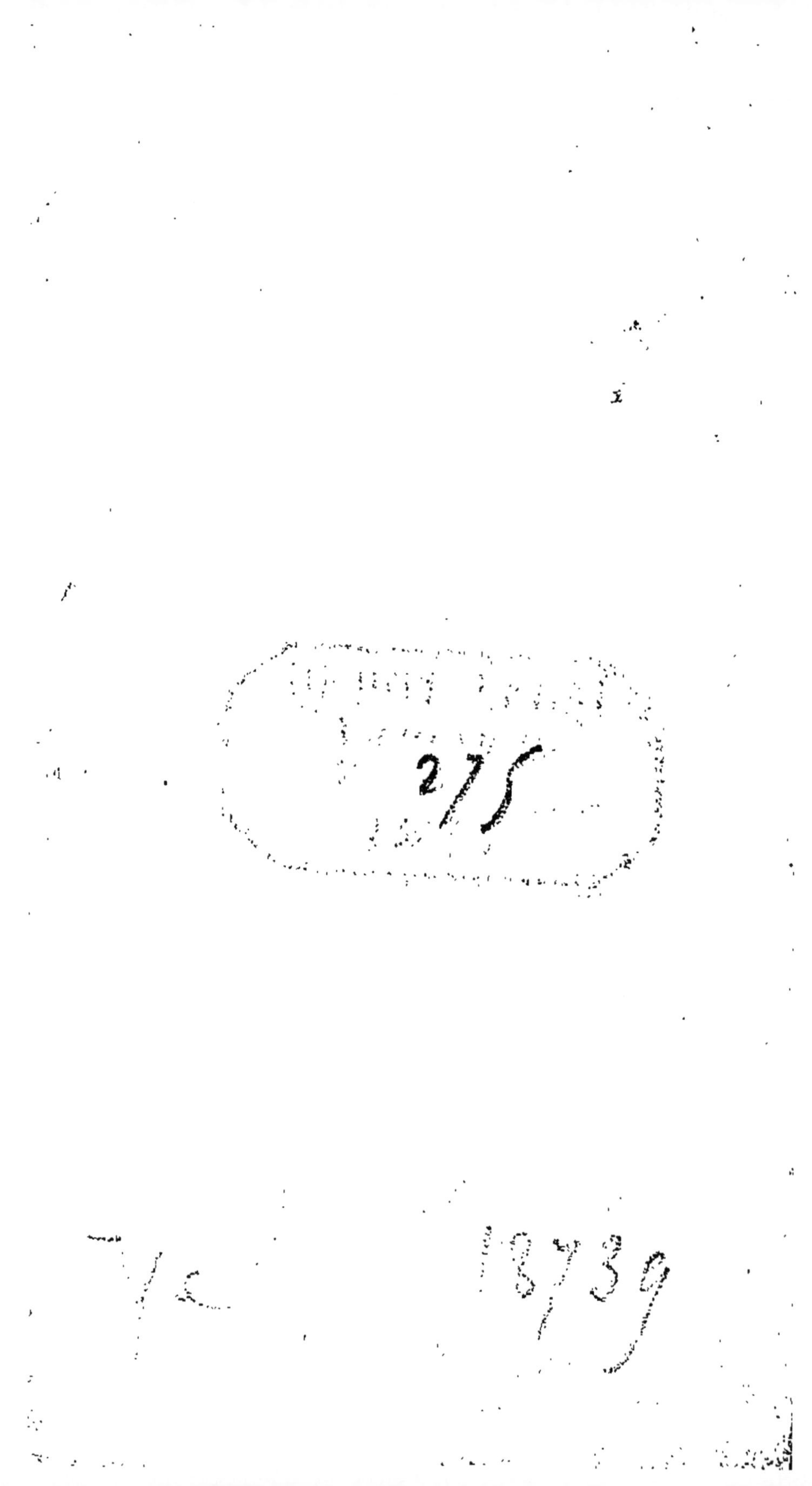
275

18739

LE
COIN DU FEU.

CHOIX

De romances nouvelles et chansons d'Amour.

AVIGNON,

PEYRI, Imprimeur-Libraire.

1857.

LES AMOURS DE BÉRANGER.

Air de *Charlotte.*

Béranger consola toujours
Le travailleur et la grisette ;
Liberté, chanson et Lisette,
Oui, voilà ses amours !

Poète obscur encor,
Mais que le temps regarde.
Il aimait la mansarde
Où glissé un rayon d'or ;
Où, — que le gai printemps
Au ciel meure ou renaisse, —
L'amour et la jeunesse
Sont si bien à vingt ans !
Béranger, etc.

Appui des malheureux,
Ses refrains dans l'orage
Retrempaient leur courage
En bruissant pour eux ;
Toujours de leur parti,
Il guidait comme l'ange,
L'ouvrière phalange
Dont il était sorti !
     Béranger, etc.

Si des pouvoirs divers
Ses jours étaient des esclaves,
Il aimait leurs entraves
Qu'illustraient ses doux vers,
Car l'étroit horizon
Conservait, pour l'histoire,
Un rayon de sa gloire
Aux murs de sa prison !
     Béranger, etc.

Son cœur n'enviait pas
Les tendresses exquises
Des superbes marquises
Aux dédaigneux appas
Vive un frais cotillon !
Foin de l'or sur les tailles !
Toutes les Prétentailles
Pour Lise ou Frétillon !
     Béranger, etc.

Comme il l'aimait surtout,
Lisette à l'œil de flamme !
En essuyant un blâme,
Comme il oubliait tout !
Heureux à ses côtés.
Ne vivant plus loin d'elle,
Et pardonnant, fidèle,
Ses infidélités !
                    Béranger, etc.

A son tour, dans son cœur,
Le pays qui l'honore
Au luth qui vibre encor
Garde un amour vainqueur.
Ce luth qui l'a chanté
Appartient, avant l'heure,
Sans que la mort l'effleure,
A l'immortalité !
                    Béranger, etc.

LES ADIEUX A LA MANSARDE,

Air du *Nez culotté.*

Reçois mes adieux,
Modeste mansarde,

Je quitte ces lieux
Que le vent lézarde ;
Bonsoir, mon voisin,
Demain ;
Je pars pour Pantin.

Maudit le jour qui me fit prolétaire,
Sauf le métier,
Mieux vaut être portier ;
On a du moins chez le propriétaire
Gratuitement
Son petit logement,
Et pour son loyer,
Plus heureux que le locataire,
Jamais le portier,
Chez lui ne voit entrer l'huissier.
Reçois, etc.

Je porte envie au sort de Diogène,
Ah ! comme lui,
Que ne suis-je aujourd'hui !
Ce philosophe, à l'abri de ma gêne,
En plein soleil
Goûtait un doux sommeil.
Sans un lourd fardeau,
En censeur de l'espèce humaine,
Jusqu'à son tombeau,
Il roula gaîment son tonneau.
Reçois, etc.

On n'a jamais vu, de mémoire d'homme,
Le logement,
Aussi cher qu'à présent ;
Pour un trimestre, il faut tripler la somme,
Soit au premier,
Au second, au grenier.
Mes sens sont aigris,
Vraiment bientôt je ne sais comme
Les rats, les souris
Pourront se loger à Paris !
Reçois, etc.

C'est pourtant là que du sein de ma mère,
Fruit de l'amour,
Je vis mon premier jour ;
C'est encore là que mourut mon vieux père,
Laissant mon cœur
En proie à la douleur ;
Je croyais ici
Comme eux terminer ma carrière,
Mais pour mon souci
Le sort ne le veut pas ainsi.
Reçois, etc.

LA FIANCÉE MOURANTE.

Air de *Mes 20 ans*, ou *du Retour en France.*

Comme un beau lys dont la tige s'incline,
Frêle et glacé au souffle des autans.
Telle, chez moi, fleur de santé décline,
Telle, ie passe, et je n'ai pas vingt ans ?
O toi qui fus mon unique pensée,
Toi que j'appelle à me fermer les yeux,
Ecoute, ami : je meurs ta fiancée,
Mais souviens-toi que je t'attends aux
    cieux.

J'étais déjà défaillante et plaintive,
Quand sur mon cœur j'ai senti ton pouvoir ;
Alors, j'ai cru que ma langueur native
Allait se fondre au feu de ton œil noir,
Quoiqu'impuissant à vaincre ma souf-
    france.
Va ! ton amour m'est toujours précieux ;
Il est encore ma dernière espérance,
Mais souviens-toi que je t'attends aux
    cieux.

Suis-je pour toi d'une existance étrange
En implorant un dévoûment si beau ?
N'as-tu pas dit . Je t'aime , ô mon cher
   ange ,
Et veux t'aimer au-delà du tombeau.
Puisque l'amour survit à l'existence
(Tu l'as juré : serment délicieux !)
Vivante ou morte, il me faut ta constance,
Mais souviens-toi que je t'attends aux
   cieux.

Quel doute affreux vient me traverser
   l'âme !
Mss derniers vœux seraient-ils superflus ?
D'autres beautés, sollicitant la flamme ,
Te tromperaient , quand je ne serais
   plus !
Ah ! par pitié, fuis ces enchanteresses ..
Mon ombre, hélas ! te suivraient en tous
   lieux ;
Si tu te sens faiblir à leurs caresses,
Ah ! souviens-toi que je t'attends aux
   cieux,

LA GRISETTE D'AUJOURD'HUI.

Air de *Margot*

Comme Lisette,
Folle grisette,
C'est le plaisir qui partout me conduit,
Et pour qu'on m'aime,
Toujours la même,
Je veux demain rire comme aujourd'hui.

Quand d'un ciel bleu le rayon me regarde,
Jamais l'ennui n'assiste à mon réveil.
Et la gaîte chante dans ma mansarde,
Comme un pinson qui voltige au soleil;
Blonde fleuriste,
Rien ne m'attriste;
L'insouciance habite mon séjour;
Active abeille,
Dans ma corbeille,
Le travail met son miel de chaque jour.

Qu'un autre rêve et boudoir et soubrette;
Moi, je m'en passe, et quelque joyeux émoi,
Lorsqu'admirant ma petite chambrette

Je dis : C'est peu ; mais ce peu n'est qu'à
    moi ,
      Pauvre, ma vie
      Est sans envie
Et, pour goûter mes humbles passe-temps,
      Que de duchesses
      De leurs richesses
Paîraient les fleurs de mes dix-huit prin-
    temps !

Aux passions qui causent tant d'alarmes
Moi je résiste et ne veux point penser :
L'amour, dit-on, fait répandre des larmes
Que le plaisir ne fait jamais verser.
      Sans qu'il m'en coûte ,
      Mon cœur l'écoute ;
C'est lui qui fait mes dimanches heureux,
      Lui seul m'inspire ,
      Et mon empire
A moins d'amants qu'il ne voit d'amou-
    reux.

Lorsque paraît l'aurore d'une fête,
Quittant d'un bond mon étroit horizon ;
J'ouvre mon aile agile et satisfaite,
Comme un oiseau qui fuit de sa prison ,
      A la campagne ,

Vive compagne
D'un gai voisin qui suit mon gai chemin
    De Rigolette
    J'ai la toilette,
Et Cabriou qui succède à Germain.

Je vois sans trouble une robe superbe
Fendre l'espace en un landau hautain ;
Car, pour s'ébattre aux bois, aux champs,
        sur l'herbe,
L'humble coton vaut mieux que le satin.
        Je cours, je vole,
        Leste et frivole.
Et quand le soir baisse son blond rideau,
        J'aime à paraître
        Au bal champêtre
Que ne vaut pas Mabile ou le Prado.

Quand le ciel gronde ou que la neige
        enchaîne
Mon vol lointain, mes jeux, ma liberté,
Pour me sourire en allégeant ma chaîne,
J'ai près de moi les amis de l'été.
        Toujours folâtre,
        D'un gai théâtre,
Je vais tantôt applaudir les succès,
        Riante sphère

Que je préfère
A l'Odéon, au Gymnase, aux Français.

Tantôt chez moi, fidèle à ma devise,
Je donne un bal que nous-mêmes parons,
Fête de nuit qu'un caprice improvise,
Avec des fleurs, du cidre et des marrons !
　　Mes amourettes
　　Chez les lorettes
Ont provoqué plus d'un rire moqueur.
　　Tout nous sépare ;
　　Qu'on nous compare,
Je sais donner et non vendre mon cœur.

Voilà ma vie. elle n'a point d'entrave,
J'aime avant tout ma douce liberté ;
Je suis mon maître en n'étant pas esclave,
Et sans vainqueur, n'ayant jamais lutté.
　　Comme Lisette,
　　Folle grisette,
C'est le plaisir qui partout me conduit,
　　Et pour qu'on m'aime,
　　Toujours la même,
Je veux demain rire comme aujourd'hui.

JAMAIS MON COEUR NE CESSA DE T'AIMER.

Air de *Mes vingt ans.*

Reine aux doux yeux, idole de ma vie,
Pourquoi ces pleurs qui voilent ta beauté?
Lorsqu'à tes lois mon âme est asservie,
Pourquoi tant craindre une infidélité?
Qu'au bonheur seul ta raison s'abandonne
A tort ainsi cesse de t'alarmer ;
Je n'eus jamais de plus sainte madone,
Jamais mon cœur ne cessa de t'aimer.

Crains-tu vraiment ces femmes ignorées
Qu'en un salon mes propos encensaient !
Peux-tu savoir.... avec toi comparées
Combien alors de beautés pâlissaient ?
Si quelquefois je leur rendais hommage,
Si quelque belle a paru me charmer ,
C'est qu'elle vint m'offrir ta douce image.
Jamais mon cœur ne cessa de t'aimer.

Jalouse encore.... tu scrutes ma pensée,
Tu crains de perdre, il semble un souvenir?

Toi, dont la gloire, en ma fièvre insensée,
Se mêle à tous mes rêves d'avenir ;
Quand du sommeil les gracieux mensonges
De ton amour viennent me parfumer
Tu fus toujours l'ange de mes beaux
    songes.
Jamais mon cœur ne cessa de t'aimer.

Ma loyauté plaide aussi ma défense,
Crois en mes vœux qui sont des vœux
    chrétiens ;
Ai-je encouru le soupçon qui m'offense ?
Lorsque toujours mes désirs sont les
    tiens.
Dois-je exciter ainsi ta jalousie
Quand ton regard suffit pour m'enflam-
    mer ?
Tu m'as offert la coupe d'ambroisie,
Jamais mon cœur ne cessa de t'aimer.

UNE ROSIÈRE CHAMPÊTRE

Air du *Petit Bouton d'or.*

Rêvant naïve bergère,
Un jour de printemps,

Pour trouver une rosière,
    Je courus les champs ;
Enfin, je vis sous un hêtre,
    Au pied d'un coteau.
Une beauté fort champêtre
    Gardant son troupeau.

Tiens, lui dis-je : bergerette,
    Douce fleur des champs ,
Pour décorer ta houlette
    Voici des rubans ;
— A d'autr's contez vos fleurettes,
    Je n' somm's point un' fleur
Tachez donc d' mettr' vos lunettes,
    Monsieur l'enjôleur.

Laisse-moi, tendre sylphide,
    Poser en passant
Dessus ta paupière humide
    Un baiser brûlant ;
— Si vous brûlez j' vous déclare,
    Si c'est votre désir ,
Qu'à deux pas j'avons un' mare
    Pour vous rafraîchir.

Vers le temple de Cythère
    Pour guider tes pas ;

L'Amour vient t'offrir, ma chère,
    L'appui de mon bras.
Gardez vos jambes pour d'autres,
    J' n'ons pas b'soin d' bâton ;
Mon chien pourrait mordr' les vôtres,
    C' qui n' vous s'rait pas bon.

Que j'aime ton doux sourire,
    Ton air de candeur !
Ton charme enivrant inspire
    Ma verve et mon cœur.
— Je n' sais pas ce que j'inspire.
    Mais je sais que vous m' contez
Des chos's qui n' m' font point rire,
    Et qu' vous m'embêtez

Ah ! si c'est là le langage
    Que tiennent toujours
Les fillettes de village,
    Dans nos alentours ;
Fi de ses beautés champêtres
    Aimés des badauds !
Elles peuvent aller paître
    Avec leurs troupeaux.
                    P. E. B. V.

BONSOIR

OU AJOURNONS A HUITAINE.

Air connu.

Mes bons amis, ajournons à huitaine,
Nos airs joyeux, nos chants de gai savoir :
Momus remonte au céleste domaine,
    Il est minuit, bonsoir,
    Jusqu'au revoir, bonsoir.

A nos santés vidons pourtant nos verres
Prêts à quitter ce toit hospitalier,
Nos devanciers, nos fidèles trouvères,
Buvaient toujours le coup de l'étrier.
    Mes bons amis, etc.

De nos amis la cohorte agréable,
Augmente encore avec ce vin clairet,
Quand on est quinze en se mettant à table,
On se voit trente au sortir du banquet.
    Mes bons amis, etc.

Il se fait tard, à gagner sa demeure,
Chacun de nous doit prudemment songer,
Pour les maris c'est un vilain quart-
    d'heure
Pour les amants c'est l'heure du berger.
    Mes bons amis, etc.

Mais au buveur qui sent sa tête prise,
On doit offrir un bras sûr et prudent;
Nous aurions l'air d'une patrouille grise
Si l'un de nous marchait en chancelant.
    Mes bons amis, etc.

Mais d'un regard votre soif est coupable:
Sur ce bouchon pourquoi fixer les yeux?
De ces flacons qui dorment sous la table,
Ah! dans huit jours le vin sera plus
    vieux!
    Mes bons amis, etc.

MES RAYONS DE SOLEIL.

Air du *Rayon du Soleil.*

Pauvre Marie, où sont-elles ces heures
Où je chantais sous le toit maternel.

Ou ma gaité fleurissait nos demeures,
Où mon bonheur pouvait être éternel ?
Il s'est enfui, ce plaisir éphémère,
Rêve d'un jour que suit un froid réveil.
Qui me vaudra les baisers de ma mère,
Mon ciel d'azur, mes rayons de soleil ?

Pourquoi mon cœur l'écouta-t-il cet homme
Qui m'a tout pris, beaux jours, repos, honneur ?
Qui sait comment au hameau l'on me nomme ?
Pourtant Paris m'a coûté le bonheur…
Julien, là-bas, n'eût point été volage,
Je me souviens de son dernier conseil…
Qui me rendra mes amours au village,
Mon ciel d'azur, mes rayons de soleil ?

Oh ! je veux fuir cette ville maudite,
Ce faux éclat qu'un autre peut chérir,
Où l'espérance, hélas ! est interdite,
Où maintenant j'aurais peur de mourir.
C'est au hameau que la fleur qui se brise
Peut espérer quelque matin vermeil…
Qui me rendra notre modeste église,
Mon ciel d'azur, mes rayons de soleil ?

Soudain Marie et s'agite et se lève...
Julien est là, sa mère est dans ses bras ;
Elle dormait, le passé n'est qu'un rêve
Qui la troublait, ne la flétrissait pas
Plus de remords, de terreurs, de souf-
    frances,
Pour l'avenir éclairant son sommeil,
Dieu lui redonne, avec ses espérances,
Son ciel d'azur, ses rayons de soleil.

RAYONS D'AMOUR.

Air de *Mes 20 ans* ou du *Retour en France.*

Où donc est-il le temps où mon ivresse
Calculait peu les heures de mes jours ;
Hochets dorés que notre âme caresse,
Illusions, bouquets de nos amours ;
As-tu donc fui, douce et tendre Sylvie,
Dans les sentiers où s'égaraient nos pas?
Beaux souvenirs, échelle de ma vie,
Rayons d'amour, ne reviendrez-vous pas?

J'ai désiré que la beauté fidèle
Restât toujours sur ton front amoureux;

J'en suis certain, tu dois être encor belle,
Ton jeune cœur est encor généreux.
Aussi d'espoir ma coupe s'est remplie,
Je viens chercher des baisers dans tes bras,
Beaux souvenirs, échelle de ma vie,
Rayons d'amour, ne reviendrez-vous pas?

Lorsque parfois sur ta go ge brûlante
La main d'un autre osait poser des fleurs,
Tu me disais de ta voix consolante :
Prenez, monsieur, sans consulter mes
    pleurs ;
Dans les feuillets du livre du Messie
J'ai retrouvé tes roses, tes lilas,
Beaux souvenirs, échelle de ma vie,
Rayons d'amour, ne reviendrez-vous pas?

Quand je disais à des amis perfides :
J'aime cet ange, il est mon seul trésor ;
On répondait : Dans des plaines arides
Tu vas courir après ses ailes d'or ;
Plus forte alors, la sombre jalousie
A mon bonheur vient livrer ses combats :
Beaux souvenirs, échelle de ma vie,
Rayons d'amour, ne reviendrez-vous pas?

Je t'aime encor comme on aime d'un ange
L'image pure et sainte de la Foi ;

Je t'aime encor; mais ton visage change,
Tu restes sourde et ton cœur est bien froid;
A son banquet, c'est Dieu qui te convie,
C'est que tes yeux se sont fermés, hélas !
Beaux souvenirs, échelle de ma vie,
Rayons d'amour, ne reviendrez-vous pas?

LE CONVOI DE L'ENFANT.

Air de l'*Amour d'un roi.*

J'ai vu passer le convoi solitaire
D'un pauvre enfant à deux ans moissonné;
Pur, innocent, il a quitté la terre
Comme un lis blanc qu'un vent froid a
    fané;
Le pauvre enfant n'avait pour tout cortège
Qu'un père, un frère, aux muettes dou-
    leurs ;
Nous, plus heureux, nous que le ciel pro-
    tége ,
Sur son destin laissons couler nos pleurs.

Ce pauvre enfant n'a qu'aperçu la vie,
Pour lui du ciel dérisoire faveur ,

Faite au matin et dès le soir ravie,
Triste, passant de l'enfance au malheur :
Il n'a pas su qu'il est une existence
 Où l'homme voit naître des jours meil-
        leurs ;
Nous qui du ciel éprouvons la clémence,
Sur son destin laissons couler nos pleurs.

Peut-être, hélas ! une illustre carrière,
De beaux lauriers devaient marquer ses
        pas ,
S'il eût franchi la terrible barrière
Que, faible enfant, il ne traversa pas ;
Peut-être eût-il, muse noble et féconde,
Des vieux drapeaux arboré les couleurs;
Et de ses vers eût-il ému le monde,
Sur son destin laissons couler nos pleurs.

Peut-être, eût-il, Phidias de notre âge,
D'un marbre brut animant les contours,
Tiré la nymphe au séduisant visage,
Au corps tremblant sous de légers atours;
Peut-être eût-il, élève de Vignole,
De son talent éparpillant les fleurs,
Près du palais inauguré l'école :
Sur son destin laissons couler nos pleurs.

Peut-être eût-il, intègre diplomate,
Fait respecter partout le nom français ;
D'un vol hardi, de la Seine à l'Euphrate,
Eût-il porté les symboles de paix ;
Où se fût-il, ami de l'innocence,
Un jour assis parmi ses défenseurs,
Peut-être eût-il démasqué l'impudence :
Sur son destin laissons couler nos pleurs.

Abandonnons tout prestige de gloire,
N'eût-il été qu'un simple citoyen,
Pour ceux à qui fût resté sa mémoire
Il eût suffit qu'il fût homme de bien ;
Honneur à lui s'il fût resté fidèle
Au bataillon des braves travailleurs.
Mais Dieu voulut qu'il repliât son aile,
Sur son tombeau laissons couler nos
    pleurs.

ADORONS-NOUS TOUJOURS.

Air de la Nostalgie ou de Vive Paris.

Pourquoi toujours, ô mon aimable amie !
Me retracer l'image du passé ?

Réveille-toi, tu l'étais endormie ;
Oh ! non, ton cœur n'est point encor
    glacé
Quand les soucis couvrent ton front
    morose ,
Offrons ensemble un bouquet aux amours :
Je veux revivre au parfum d'une rose.
Ma tendre amie, adorons-nous toujours.

Quand je te vois si douce , si jolie ,
Pourquoi toujours ces récits douloureux?
Non, tendre enfant, non, mon âme affai-
    blie
Ne doit plus voir de larmes dans tes yeux;
Crois-moi , les pleurs défloreraient tes
    charmes ;
Du vrai bonheur les instants sont si
    courts ;
Quand mes baisers peuvent sécher tes
    larmes ,
Ma tendre amie, adorons-nous toujours.

J'ai tant besoin de ta vive tendresse ,
Ton amour seul devait me ranimer ;
Auprès de toi mon aimable maîtresse
J'ai tant besoin de vivre pour t'aimer.
Sous ton regard qui m'enivre et m'en-
    flamme ,

Je crois mourir au plus beau de mes
    jours,
Entre tes bras je sens glisser mon âme.
Ma tendre amie, adorons-nous toujours.

Adorons-nous, quand la même pensée,
Du même feu brûle dans notre cœur,
Adorons-nous et que l'âme oppressée
Dans notre amour trouve un consola-
    teur ;
Quand notre vie est en douleurs fertile,
Faire du bien, c'est en charmer le cours,
Si notre amour, au malheur est utile,
Ma tendre amie, adorons-nous toujours.

MADEMOISELLE FRANÇOISE.

Air des Quatr' sous du p'tit Nicole.

Allons donc, finissez donc,
Finissez, mamzelle Françoise,
Vous êtes une sournoise,
Vous m'agacez sans raison.
Ah ! c'est avoir du guignon :
Laissez donc, pourquoi donc
Aimer par force un garçon.

Je suis bien jeun' pour mon âge ;
Car je n'ai que dix-huit ans :
Je n' veux pas m' mettre en ménage
Je n' veux pas avoir d'enfants.
La semaine et le dimanche ,
J' fuis les fill's et d'vant leur nez
J' pass' roide comme une planche ,
Et v'là que vous me taquinez !
    Allons donc , etc.

Ah ! j' vais crier au scandale ,
Quoi ! vous voulez m'embrasser ?
Suis-je donc un Sardanapale ?
J'en rougis rien que d'y penser.
J'ai d' la vertu , c'est d' la bonne ,
Je suis sag' comme un serin ,
Moi , je n'embrasse personne.
Voulez-vous m' lâcher la main.
    Allons donc , etc.

Mon papa m'a dit : sois sage ,
En marchant baisse les yeux ,
T' auras une belle image
Où s'ront peints des soldats bleus.
Vers la terre je me penche
Pour ne rien voir sur mon ch'min ,
Mais vous m' tirez par ma manche.

Et m' fixez d'un air malin.
        Allons donc, etc.

Comm' la nuit j'ai peur du diable,
Et qu' je crains les revenants,
J'ai d' la lumière sur ma table
Et j' ferme les contrevents.
Hier soir, quelle aventure !
J'ai vu Satan, quelle horreur !
Il avait pris vot' figure
Pour m' causer cett' frayeur.
        Allons donc, etc.

Attendez que je sois homme,
Dans deux ans j' serai soldat,
D'ici là, foi de Guillaume !
Je garde le célibat.
Je ne veux point d'amourettes :
Je n'aurai pas ce défaut.
Qu'é qu'ça m' fait que les fillettes
M'appellent le grand nigaud.
        Allons donc, etc.

LE MALHEUREUX SORT DES CUISINIÈRES.

Air : *Jeanne, Jeannette, Jeanneton.*

Quel supplice d'être en maison,
Faut obéir à tout caprice,
Va, crois-moi, ma bonne Suzon,
Ne te mets jamais en service,
Ou si parfois tu t'y mettais,
Choisis-moi un célibataire,
Car dans un ménage complet,
Ah ! dam ! c'est bien une autre affaire,
Ne te mets jamais en maison.

Monsieur commande, madame aussi,
Comment faire pour les satisfaire?
Que de tourment, que de souci,
Faut qu'à tous deux je sache plaire;
D'abord au sortir de son lit,
Monsieur me crie : cirez mes bottes,
Passez-moi vite mon habit,
Et brossez-moi ma redingote.
    Ah ! crois-moi, e.c.

Puis l'enfant s'éveille aussitôt,
Faut le bercer sans nulle entrave ;
Madame demande au plus tôt :
Louison de l'eau, je suis en nage.
Après, il faut suivre au marché
Madame qui sur tout marchande.
Les marchands souvent sont fâchés
De voir une telle chalande.
        Ah ! crois-moi, etc.

L'anse du panier est en r'tard,
Ces cœurs là ne sont pas sensibles,
Ça marchanderait pour un liard.
Ah ! tu vois bien que c'est horrible.
Madame veut-elle sortir,
Faut l'habiller, fair' sa toilette ;
La mijoter à ne plus finir,
Et cela des pieds à la tête.
        Ah ! crois-moi, etc.

Elle se mire et puis s'enfuit,
Je reste seule dans ma cuisine,
Un' prison où je meurs d'ennui,
Toujours seul', cela me chagrine ;
Enfin, faut tout faire à présent,
La cuisinièr', la blanchisseuse,
Faire les cours's et soigner l'enfant,

Et de plus être repasseuse.
Ah ! crois-moi , etc.

Tu le vois , c'est à n' plus finir,
C'est un enfer , un esclavage ,
Si je pouvais donc en sortir ,
Mais, hélas ! je n'ai plus ton âge ;
Ah ! dans ma première maison ,
Je comptais bien des bénéfices ,
Là je servais un vieux garçon
Qui récompensait mes services.
Ah ! crois-moi , etc.

LA VIGNE EN FLEURS.

Air du *Chant des Volontaires.*

Que la chanson devienne plus joyeuse,
Près d'un tonneau, près de jolis tendrons,
Que du nectar la couleur précieuse
Nous rende gais, nous rende plus lurons.
On a chanté les attraits de la rose ,
Son doux parfum et ses vives couleurs,
Mais le bourgeon à chanter nous dispose,
Buvons, amis, car la vigne est en fleurs.

Dieu fit le vin, c'était un jour de fête,
Pour ce bienfait répétons : Gloire à Dieu !
Découvrons-nous en voyant la comète
Qui nous le donne aussi chaud que le feu.
Rien n'est si leau que mon grand champ
    de vigne
Je le préfère à toutes les grandeurs ;
De mon amour enfin rien n'est plus digne,
Buvons, amis, car la vigne est en fleurs.

Cette comète en parcourant la nue
Fera rougir et mûrir le raisin,
Que parmi nous elle soit bien venue,
Que sa chaleur nous donne du bon vin.
Oui, par le vin nous doublons notre vie,
Il vivifie et ranime nos cœurs,
Lait des vieillards, il donne l'énergie
Buvons, amis, car la vigne est en fleurs.

Puisque le vin ranime la vieillesse,
Puisque le vin nous donne la gaîté,
Il doit aussi stimuler la jeunesse
Faisant l'amour auprès de la beauté.
Rien n'est si bon que le jus de la treille,
Il a produit les plus douces erreurs.
Près d'une belle, en vidant la bouteille,
Buvons, amis, car la vigne est en fleurs.

CAMILLE.

Air des *Fraises.*

Dans mon p'tit logis, gaîment je vis,
Foi de Camille.
Sans m'inquiéter
De mon dîner, de mon souper,
Car pour le gagner, j'ai mes dix doigts
Et mon aiguille,
Mon dé, mes ciseaux
Et du bon fil en écheveaux :
Aussi, sans chagrin, soir et matin,
Toujours je chante,
Mon aiguille en main,
Mon gagne pain.

Quand un séducteur vante ma beauté,
mon jeune âge,
Mes cheveux bouclés,
Mes yeux bleus et mes petits pieds;
Tous ces mots flatteurs,
Je les prends pour un badinage,

Paroles d'amant,
Autant en emporte le vent !
Dans , etc.

De me marier, vraiment je ne suis pas
si folle.
Je n'ai que seize ans ;
De prendre un époux
J'ai le temps.
L'amour d'un mari, dit-on, dans moins
d'un an s'envole,
Adieu le bonheur ici-bas !
Quand il part, hélas !
Dans, etc

Si parfois l'ennui dans mon petit logis
me gagne,
J'ai mon p'tit jardin
Pour me distraire et mon serin ;
Ce charmant oiseau,
Lorsque je chante il m'accompagne,
Ses gazouillements
Charment mon oreille et mes sens.
Dans, etc.

LES VIVATS D'UN PARISIEN.

Air : *De la Fauvette de Paris.*

Vivent les vendanges,
Vive la moisson ;
Venez petits anges
Chanter la chanson.
Rendons grâce à Dieu
De tout le bien qu'il fit sur terre,
Je veux dans ce lieu,
Le célébrer vidant mon verre.

Vive la fillette,
Vivent les amours,
Quand elle est coquette,
Je l'aime toujours.

On est bien à table
Près d'une beauté,
Quand elle est aimable,
Nous met en gaîté.
Tout est de mon goût

Pourvu qu'on sache bien me plaire,
Je voudrais partout
Que le bonheur règne sur terre.
Vive la fillette, etc.

Vive la vaillance,
Vivent les beaux jours,
Enfants de la France,
Joyeux troubadours.
Marchez aux combats,
Aux champs d'honneur et de la gloire,
Dieu guidant vos pas
Vous serez sûr de la victoire.
Vive la fillette, etc.

Tant que sur la terre
Vivra Béranger,
Ne se pourra faire
Meilleur chansonnier.
Dirigeant ses pas
Dans le chemin de la sagesse,
Sa muse, ici-bas,
Jamais n'encensa la richesse.
Vive la fillette, etc.

Vive le dimanche ,
A Ménil-montant ,
D'une gaîté franche
Je pince un cancan.
Moi , franc parisien ,
J'aime à rire , au diable la peine !
Amusons-nous bien
Puisque j'ai gagné ma semaine.
Vive la fillette , etc.

L'HEUREUX LABOUREUR.

Air : *Le peuple est roi.*

Pour nos cœurs quelle douce ivresse,
Santé, travail, n'est ce pas le bonheur?
Voilà, voilà la plus belle richesse
Du laboureur , du laboureur.

Gai laboureur, je vais à mon ouvrage
L'astre du jour éclaire mes travaux,
La paix du cœur me donne du cou-
    rage ,
Mon chant joyeux se perd dans les
    échos ;

Je suis heureux, content dans ma
    chaumière,
Lorsque je rentre auprès de mes en-
    fants,
Et pour leçon, je leur lis la prière,
Et du bon Dieu les dix commande-
    ments.
      Pour nos cœurs, etc.

Quand le soleil, radieux dans sa course,
Nous fait mûrir l'épi pour la moisson,
Par sa chaleur les fruits et la fleur
    pousse
Et du raisin fait naître le bourgeon;
Le vigneron, content de sa culture,
Avec plaisir voit la grappe grossir,
Remerciant le Dieu de la nature,
Son cœur joyeux contemple l'avenir.
      Pour nos cœurs, etc.

Puis lorsque vient l'époque où l'on
    moissonne,
Chacun gaîment se rend à son travail;
Les chants, les cris de tous côtés ré-
    sonnent,

Et sous la faux des blés tombe l'émail;
Le soir arrive, alors on se repose,
Quand l'on est las de ses travaux du
    jour,
Le lendemain, lorsque l'aube est
    éclose,
Chacun repart et chante à son tour.
    Pour nos cœurs, etc.

Quand vient le jour où s'ouvre la ven-
    dange,
Voyez partir nos joyeux vendan-
    geurs,
Et bien souvent chacun d'eux cueille
    et mange
Ces grains si beaux, choisissant les
    meilleurs;
Dieu tout puissant, toi, maître de la
    terre,
Protège-nous, nous sommes tes en-
    fants.
Toi seul es grand, et sur cet hémis-
    phère,
Soutiens le bon et pardonne aux mé-
    chants.
    Pour nos cœurs, etc.

LE PAIN DU BON DIEU.

Fleur de froment plus blanche
Que la fleur d'aubépin ,
C'est le pain du dimanche ,
Et tu jettes ce pain !
Sais-tu , petite fille ,
Qu'il arrive malheur
A l'enfant qui gaspille ,
Les dons du créateur.

REFRAIN.

Oh ! quand le pain t'abonde ,
Ne t'en fais pas un jeu ,
C'est le salut du monde ,
C'est le pain du Bon Dieu.

Sais-tu , jeune imprudente ,
Qui ris de ma leçon ,
Que sous la voûte ardente ;
Dès qu'on fait la moisson ;
Il n'est pas une graine

Des épis bienfaisants
Qui ne coûte une peine
Aux pauvres paysans ?
   Oh ! quand le pain , etc.

Quand ta tête songeuse
Aux voix du soir s'endort ,
Une pâte neigeuse
Cuit dans sa couche d'or :
Ce pain que ta main jette
Est prête pour ton réveil ,
Et celui qui l'apprête
Meurt de nuits sans sommeil !
   Oh ! quand le pain , etc.

L'oiseau pusillanime ,
Trop précoce glaneur ,
A prélevé sa dîme
Avant le moissonneur.
Garde plutôt, chérie ,
Tes morceaux superflus
Pour le vieillard qui prie
Et ne travaille plus.
   Oh ! quand le pain , etc.

LE LOUVETIER.

REFRAIN.

Gais louvetiers ! c'est jour de fête !
C'est grande chasse en la forêt ;
Bientôt, nos chiens seront en quête.
Allons, partons , car tout est prêt.
Partons ! pif ! paf ! c'est jour de fête !
Pif ! paf ! gare à nos coups.
Tayau ! tayau ! gare à la bête,
    A nous les loups !

Je suis grand louvetier du roi ,
Et passé maître en vénerie ;
Jamais un loup n'a , devant moi,
Fait un pas sans perdre la vie !
Aussi, dès l'aube, au rendez-vous ,
Je suis à la fontaine aux loups,
    Sonnant et chantant ,
    Au loin répétant ,
    Haarloup ! v'la-ô !   (bis).
    Gais louvetiers , etc.

Voici mon histoire en deux mots :
Dans les forêts de nos Ardennes ,
J'étais un lieur de fagots ,
Pauvre d'argent , riche de peine...
Mais quand j'apercevais un loup ,
Il était mort du premier coup ;
J'ai fait même un jour ,
Coup double à mon tour.
Harloup ! v'la ô !
Gais louvetiers , etc.

Un jour, me voyant en forêt ,
Le roi me dit : « Viens à Versailles. »
« Sire , hélas ! lui dis-je à regret ,
» Là-bas, vous n'avez que des cailles,
» Sire, à Versailles, y songez-vous ?
» Toujours des cerfs ; jamais de loups ;
Jamais de danger !
» Ni d'homme à venger ,
Harloup ! v'la ô !
Gais louvetiers , etc.

Soit , je te fais grand louvetier ! »
Me dit le roi. « Par les promesses ,
» Sache ennoblir ton beau métier ,

Tu peux compter sur mes largesses.
En apprenant ça , de plaisir,
Ma pauvre mère pensa mourir !...
    Depuis ce jour-là ,
    Je chante ou-dà :
    Harloup ! v'la ô !
    Gais louvetiers , etc.

LE TONNELIER.

Air du Retour des Chansons.

Du tonnelier tout proclame la gloire,
Brillante comme un rayon de soleil.
Quel bel état ! vraiment on peut m'en
    croire ,
Dans l'univers il n'est point son pareil.
Non , rien ne vaut, sur la machine
    ronde ,
Cent beaux tonneaux , l'orgueil d'un
    vieux cellier.
Sans mes tonneaux, point de bonheur
    au monde ,
Point de plaisir sans l'art du tonnelier!

Notre métier doit dater du déluge,
Et le premier tonnelier fut Noé.
C'est des débris de l'Arche, son refuge,
Que le premier tonneau fut façonné,
L'or du Pérou, de la riche Golconde,
Ne valent pas le cercle d'un cuvier.
S'il est encor quelque bouheur au
    monde,
N'est-ce pas grâce à l'art du tonnelier?

Le vigneron, pour loger sa vendange,
Sans nous serait dans un grand em-
    barras,
Que ferait-il de cet heureux mélange,
Des raisins noirs, blancs, muscats,
    chasselats ?
Comme un captif, c'est vainement
    qu'il gronde,
Le vieux nectar devient mon prison-
    nier ;
Et lorsqu'il sort de sa prison, le monde
Gaiement rend grâce à l'art du ton-
    nelier.

On nous venta du meunier l'indus-
    trie,

Chaque meunier n'est-il pas buveur
    d'eau ?
Les ânes vont au moulin... le génie
Doit, pour briller, visiter mon ton-
    neau.
Combien d'auteurs, dont la verve
    féconde
Sans moi jamais n'aurait pu se délier !
S'il est encor des gens d'esprit au
    monde ,
N'est-ce pas grâce à l'art du tonnelier?

Au tonnelier l'amant doit rendre
    grâce ,
Et je connais un certain bruit qui
    court :
Ne trouvant pas une meilleure place,
Dans un cuvier vint se nicher l'Amour,
C'est en faisant gaiement sauter la
    bonde ,
Que l'on devient et poète et guerrier !
Courage, Amour, esprit, si chers au
    monde ,
Tous rendent grâce à l'art du tonnelier.

LE BONHEUR DU LABOUREUR.

Air de la chanson du Vigneron.

Dans l'espoir d'un nouveau printemps,
Quand l'hirondelle est disparue
Avant la neige des autans,
Le laboureur prend la charrue,
La herse adoucit les sillons
Dans l'air de nombreux ossillons
　　Convoitent le grain
　　Que sème sa main.

REFRAIN.

Etre joyeux, simple en ses vœux,
　Iranc, courageux,
　　C'est le bonheur
　　Du laboureur.
Santé, gaîté, la paix du cœur,
　　C'est le bonheur
　　Du laboureur.

Devançant l'aube au teint vermeil ,
Pour les champs il quitte son gîte,
Sous l'ardent rayon du soleil
Il sarcle une herbe parasite ;
Arrive enfin la fenaison ;
La vendange suit la moisson ,
    Raisin , épis d'or
      Offrent leur trésor.
    Etre joyeux , etc.

Sur son front parle la sueur,
Quand le soir lui rend sa chaumière,
Il oublie un rude labeur
Près d'une tendre ménagère ;
Entouré de six beaux enfants
Frais comme les fleurs du printemps.
    Il se sent heureux ,
      Et bénit les cieux.
    Etre joyeux, etc.

Mais que l Etranger ose un jour
Insulter sa belle patrie ,
Ses fils quitteront le labour ,
Leur sœur et leur mère chérie ;
Bientôt, intrépides guerriers ,

51
Ils auront, aux champs des lauriers,
Une croix d honneur
Prix de leur valeur.
Etre joyeux, etc.

L'âge amène les cheveux blancs,
Alors pour abréger les veilles,
Il dit à ses petits enfants
Des contes remplis de merveilles;
Puis, sous son toit hospitalier,
Les pauvres ont place au foyer,
Et content du sort,
Il attend la mort.
Etre joyeux, etc.

ADIEU !

Adieu !... Ce mot lugubre et tendre,
Ce dernier soupir de mon cœur,
En l'écoutant, je crois entendre
Blasphémer un démon moqueur.
En vain sa cruelle ironie
Reporte ma pensée à Dieu;

De mon bonheur c'est l'agonie...
    Adieu !

Adieu !... c'est l'espoir qui s'envole
Et qui fait place à la douleur ;
C'est l'amour, abeille frivole,
De ma vie épuisant la fleur ;
C'est l'oubli glacé qui retombe,
Comme la dalle du saint lieu,
Sur le mort couché dans sa tombe ..
    Adieu !

Adieu, toi qui peuplas mes rêves
Des illusions du printemps :
Toi qui, le soir, au bord des grèves,
M'as fait retrouver mes vingt ans !
Je reprendrai ma lourde tâche,
J'éteindrai mon âme de feu ;
J'étais un fou, j'étais un lâche...
    Adieu !

J. BOULMIER.

LA RÉDINGOTE GRISE.

Oui, les Français sont orgueilleux,
Ils cherchent toujours l'étiquette ;
Nos amis sont-ils plus heureux,
Quand les diamants ornent leur tête.
Jadis ce fameux général,
Je vous le dis avec franchise,
En guise de manteau royal,
Oui, porta la rédingote grise.   b.

Oh ! vous traîtres qui avez vendu
Ce brave et juste capitaine,
Dans un fort vous voilà tenus,
L'on devrait vous charger de chaînes.
Et toi, indigne scélérat,
Pour te punir de ta sottise,
Un jour la foule vengera
Sur toi la rédingote grise.

Pour couronne un petit chapeau,
C'était le turban de sa gloire ;
Il n'était rien de plus beau,

Quand il marchait à la victoire.
Il le fit trois fois retaper ;
Jamais de luxe dans sa mise ;
Il fit aussi raccommoder
Sa simple rédingote grise.

Certain jour étant au bivouac ,
Il admirait toute sa troupe ,
Prenant sa pipe de tabac ;
Puis avec eux mangeait la soupe.
Il entend le canon ronfler ,
Un obus auprès de lui se brise;
Allons, soldats, il faut marcher,
Suivez la rédingote grise.

Ce n'est pas sur un canapé ,
Qu'il usa cette rédingote ;
Combien de fois elle fut trouée
Par le feu. le plomb et la crotte.
Il leur dit : portez mes adieux
A cette France que j'adore ;
Pensez à moi , soyez heureux,
Vous me regretterez encore.

ESTRELLA.

ROMANCE.

Vous avez , Monseigneur , une cour
féodale .
Vous avez des valets, une meute aux
abois ,
Vous avez des archers , une chasse
royale ,
Des piqueurs dont le cor retentit dans
les bois.
Oui , Monseigneur ,
Mais moi le proscrit maure ,
Moi , sous le sycomore ,
J'ai plus que tout cela,
Oui . j'ai plus que tout cela.
J'ai l'amour d'une fille ,
L'étoile de Castille ,
J'ai l'amour d'Estrella.
Oui , j'ai l'amour d'Estrella.

Je ne puis pas en guerre , armer une
frégate ,

Je n'ai pas une armée, une tour à
    créneaux,
Je n'ai pas comme vous, un manteau
    d'écarlate,
Je n'ai pas à mes pieds, des nobles,
    des vassaux.
        Oui, Monseigneur, etc.

Don Rodrigue à vous seul, Madrid qui
    vous admire,
A vous l'Espagne entière, à vous le
    Portugal,
A vous seul, un palais de marbre et
    de porphire,
Plus beau que l'Alhambra, plus beau
    que l'Escurial.
        Oui, Monseigneur, etc.

BIENTOT.

Pierre pour marcher au combat,
Quittai sa paisible vallée,
Berthe s'attachant à ses pas,

Disait d'une voix désolée.   bis.
Restes ! prends pitié de mes pleurs
Ce n'est pas vivre que t'attendre
Que deviendrai-je si tu meurs,
Sa voix répondit fière et tendre.
    Je reviendrai bientôt, bientôt,
    Des frontières de la patrie,
    Presser encore ta main chérie bis.
    Et Berthe retint ces deux mots,
    Bientôt, bientôt à bientôt.

Sans cesse son cœur inquiet,
Suivait la marche de l'armée
Son oreille avide, écoutait
Tous les bruits de la renommée.
Ils sont vainqueurs, mais au retour,
Bien peu reverront leur chaumière,
Et lui reviendra-t-il un jour ?
Oh ! oui, il me l'a dit naguère.
    Je reviendrai, etc.

Quand avec nos drapeaux conquis,
Revinrent nos troupes mutilées,
Remplir de merveilleux récits
Les heures des longues veillées,

Un soldat dit qu'au champ d'honneur,
Qu'en brave avait succombé Pierre,
Et Berthe alors lui dit, son cœur
Brisé par sa douleur amère.
   Pierre j'irais bientôt, bientôt,
   Au ciel ta nouvelle patrie,
   Presser encore ta main chérie,
   Elle est morte en disant ces mots
   Bientôt, bientôt à bientôt.

L'OUVRIER MAÇON.

A deux cents pieds du sol, près du
   sixième étage,
Sur une planche étroite ont me voit
   suspendu ;
Sans craindre pour mes jours je com-
   mence l'ouvrage
Qui, sans l'aide de Dieu, peut être
   interrompu.
Aussi quand le matin je quitte ma
   famille,
J'embrasse femme, enfants, et leur
   dis au revoir ;

J'emporte dans mes yeux une larme
    qui brille,
C'est ma manière à moi de faire mon
    devoir.   bis.

C'est toujours en chantant que je fais
    ma journée.
Ne pensant qu'au salaire que je dois
    rapporter.
J'ai confiance en Dieu qui tient ma
    destinée.
Sur la planche fragile qui sait me sup-
    porter.
Je travaille avec cœur, et la journée
    finie
Je reviens bien heureux avec le doux
    espoir
D'embrasser mes enfants, ma com-
    pagne chérie,
C'est ma manière à moi de faire mon
    devoir.   bis.

Le dimanche vient-il pour le repos
    d'usage,
Ma femme et mes enfans se rendent
    au saint lieu ;

Moi, j'ose l'avouer, avec eux je par-
tage
Ce qu'un brave ouvrier doit demander
à Dieu,
La santé... du travail... et de longs
jours encore
D'élever ses enfants on a le doux
espoir,
Leur apprendre à prier l'Eternel qu'on
adore,
C'est ma manière à moi de faire mon
devoir.   bis.

Quoique privé du sort que donne la
richesse,
A plus pauvre que moi je sais donner
mon pain ;
Je soutiens le moins fort, protége la
vieillesse,
Au malheur, en un mot, je sais tendre
la main ;
C'est ainsi que je passe une vie
agréable.
Et dans mon pauvre cœur je laisse un
doux espoir

De rester honnête homme, humain et
    charitable,
C'est ma manière à moi de faire mon
    devoir.   bis.

LE VAGABOND.

Je suis un vagabond,
Un enfant de l'Espagne,
La terreur de la ferme
Et l'effroi du château.
La pluie et la misère
Ont troué mon manteau,
Et la liberté sainte
En tout lieu m'accompagne.

REFRAIN.

Il n'est pas sort plus doux,
Ma charmante crois-moi,
Que de pouvoir courir
Les dangers avec toi.

J'aime la vie errante
Avec idolâtrie,

Je ne dors pas deux fois
Sous le même horizon
Et je n'ai, désirant
Ni parentés, ni maison ;
Le soleil pour foyer,
Le monde pour patrie.
    Il n'est pas, etc.

A moi l'air, les moissons,
Le soleil de l'Espagne,
La terreur et l'espace
Et le démon des mers.
Là-haut le vieux manoir
Hanté par le démon ;
Là bas le grand chemin
Où Alterreo passe.
    Il n'est pas, etc.

SI LES FLEURS PARLAIENT.

Sur ce chemin, pauvre belle égarée,
Qui t'a jetée ou t'oublie, dis-moi :
Petite fleur faite pour être aimée,

Qui t'a cueillie et ne veut plus de toi?
De ton destin je cherche en vain les
    causes :
Rien ne m'éclaire, hélas ! rien et tu
    meurs.
En vérité, l'on saurait bien des choses,
Si le bon Dieu faisait parler les fleurs.

Vierge des près, j'aime une blonde fille
Au regard pur comme ton front ver-
    meil.
C'est elle : oh ! dis : pâquerette gen-
    tille,
Qui, ce matin, a troublé ton sommeil.
Pour se parer, ses mains blanches et
    roses
Tout, n'est-ce pas enlevée à tes sœurs.
    En vérité, etc.

Si c'était elle, ô ma chère petite,
Dans ses cheveux tu brillerais encor;
Et puis à l'heure où le soir on se
    quitte
Tu deviendrais son bien aimé trésor.
Mais ce ruban sur lequel tu reposes

Vient d'éveiller mes jalouses terreurs.
En vérité, etc.

Mais voici Berthe, et son joyeux sou-
  rire
Me rend la foi prête à m'abandonner;
Petite fleur, garde-toi de lui dire
Ce qu'en tremblant j'ai pu te de-
  mander.
Mais qu'ai je à craindre ? ah ! le ciel
  eut ses causes
En vous privant des sons révélateurs.
  En vérité, etc.

LE DOUX RÊVE.

Lorsque mon âme à ton regard de
  flamme,
Viens s'enivrer. mourir tour à tour,
J'ai dû rêver qu'un rayon de ton âme,
A mon ardeur devait sourire un jour.
Mais ce doux rêve à mon âme abusée,
Ne doit jamais dorer mon avenir.
  Ne souris plus à mon âme abusée,
  O par pitié ne me fais plus souffrir.

Si j'ai livré mes jours à l'espérance,
C'est que j'ai cru sans détour,
Ils me disaient : je veux à ta souf-
	france,
Faire inspirer le prix de tant d'amour;
Ce doux mensonge, écho de ma pen-
	sée,
Répète encore, espère à l'avenir.
		Ne souris plus, etc.

Peut-être un jour, essuyant une
	larme,
Tu comprendras ce qu'était mon
	amour,
Ta douce voix n'aura plus tant de
	charme,
Et ta puissance aura fui sans retour;
Garde mon cœur dans un pli de ton
	âme,
Il est à toi mais il pourrait mourir.

Ce cœur hélas ! que ma douleur en-
	flamme,
Crois-moi, crois-moi, ne me fait plus
	souffrir !

LA REINE DU BAL.

Je disais toute la semaine
Comment paraîtrai-je au bal,
En bergère en italienne,
C'est trop connu, c'est trop banal.
Me mettrai-je en alsacienne,
J'aime mieux le petit balai,
En cochoise en tirolienne,
Non rien de tout cela ne me plaît.
Si j'essayais du moyen-âge
Pour danser c'est bien imprudent
Car les fillettes de mon âge,
Les châtelaines de mon âge,
Et des bien mises richement,
Et je n'oserai pas vraiment,
Mon Dieu, c'est bien embarrassant.
    Quand on a seize ans,
    Des fleurs des rubans,
    Un beau bal travesti,
    C'est une grande fête ;
    Aussi je le sens
    J'en perdrais la tête,

Oui j'en perdrai la tête,
Du plaisir que je ressens,
Je m'y vois déja danser la polka ,
La rédowa , la marsurka ,
Bonheur sans égal ,
Je vais donc au bal ,
Vois c'est demain mon premier bal.

J'ai vu vingt fois chaque gravure ,
J'ai cherché, feuilleté ,
Il n'est aisé je vous jure
De trouver costume à mon goût.
Dans le costume de suissesse,
Serai-je assez bien, oui, je crois :
Avec mes longs cheveux en tresse ,
Robe écarlate et belle croix,
Je ne trouve rien à ma guise,
Mais j'y songe ! c'est le mieux ,
Si je me mettais en marquise
C'est décidé je suis marquise
Avec des mouches sur les yeux,
Et de la poudre sur mes cheveux ,
J'aurais l'air fière, majestueuse...
    Quand on a seize ans , etc.

Allons vite sans relâche,
Accourons chez tous les marchands,
Car il n'est pas petite tâche,
D'ici demain j'ai peu de temps ;
Mais l'on sonne, Dieu quel supplice !
Qui peut donc venir si tard,
C'est ma vieille mère nourrice,
Que peut-elle encor me vouloir ;
Que dit-elle, que sa chaumière
Vient d'être brûlée, ô mon Dieu !
Et sa famille toute entière,
Oui sa famille toute entière,
Est aujourd'hui sans feu ni lieu,
A mon beau bal je dis adieu,
Il en est temps, merci mon Dieu !

Nourrice vraiment ne pleurez pas tant
Pour soulager un peu votre misère,
Prenez cet argent, oh prenez bonne
    mère,
Oui prenez bonne mère
L'argent de votre enfant.
Non plus de polka ni de rédowa,
Pour moi le bonheur n'est plus là
Et cet argent là Dieu le bénira,
Vois mon plus beau bal le voilà...

TOUJOURS J'AIMERAI.

De mes soixante ans, sur ma cheve-
    lure,
Le Temps de ses doigts a marqué le
    cours ;
De soixante hivers, bravant la froi-
    dure,
Comme en mon printemps, moi j'aime
    toujours,
Bien heureux celui, sans bien, sans
    envie,
Qui peut ici-bas aimer : c'est la vie :
Heureux et content, tant que je vivrai,
Comme à mes vingt ans toujours j'ai-
    merai.   (bis.)

J'aime des enfants les tendres cares-
    ses,
Leurs jeux enfantins font battre mon
    cœur ;
J'aime des heureux les douces ivres-
    ses ;

Je prends , croyez-moi, part à leur
    bonheur ;
J'aime des amants l'amoureux lan-
    gage,
Quand il part d'un cœur pur, honnéte
    et sage :
Heureux et content tant que je vivrai,
Comme à mes vingt ans toujours j'ai-
    merai.   (bis.)

J'aime des soldats le bouillant cou-
    rage,
J'ai dix ans passés, partagé leur sort,
Et j'aime à les voir, au sein du car-
    nage,
Fermes , sans trembler , affronter la
    mort.
J'aime dans les champs les fleurs , la
    verdure ,
Le chant des oiseaux, l'onde qui mur-
    mure :
Heureux et content, tant que je vivrai,
Comme à mes vingt ans toujours j'ai-
    merai.   (bis).

J'aime à l'indigent glisser une obole
Qui peut de sa main calmer les dou-
    leurs,
J'aime à dire un mot qui parfois con-
    sole ;
J'aime des chagrins essuyer les pleurs.
Pour le repentir, j'aime la clémence,
J'aime à pardonner celui qui m'of-
    fense.
Heureux et content, tant que je vivrai,
Comme à mes vingt ans toujours j'ai-
    merai.   (bis.)

J'aime Dieu clément qui sans avarice,
Répand ses bienfaits sur l'humanité,
J'aime l'homme francs, j'aime la jus-
    tice ;
Ce que j'aime encor, c'est la liberté.
J'aime à rencontrer un ami sincère,
Une chaste épouse, une bonne mère ;
Heureux et content tant que je vivrai,
Comme à mes vingt ans toujours j'ai-
    merai.   (bis.)

JE CHANTERAI.

Deux fois trente hivers ont blanchi
ma tête ;
Je ne suis plus jeune et je chante
encor ;
Comme aux temps passés, comme aux
jours de fête,
De mes doux refrains j'ouvre le trésor.
De mes premiers ans qu'importe la
flamme,
On dit toujours bien ce qui part de
l'âme.
Sous un ciel d'azur ; tant que j'entendrai
Chanter les oiseaux, moi je chanterai.

Tant que j'entendrai les cloches d'é-
glise
Chanter l'angelus au réveil du jour ;
Tant que j'entendrai la voix de la
brise

Chanter le printemps, soupirer l'a-
mour,
Tant que dans les bois la verte ra-
mure,
Comme un chant naïf dira son mur-
mure,
Dans les prés fleuris tant que j'entendrai
Chanter l'eau qui court, moi je chanterai.

Tant que l'harmonie et la bienfai-
sance,
Pour venir en aide à la pauvreté,
Se réuniront, je promets d'avance
Mon concours, déjà bien des fois
prêté.
Mon cœur est heureux lorsque ma
voix donne
Au concert du pauvre un chant pour
aumône.
Avec mes chansons tant que je pourrai
Essuyer des pleurs, moi je chanterai.

RICHE D'AMOUR.

FANTAISIE.

Air : *C'est pour toi que je vais mourir.*

O toi, compagne de ma vie !
Gentille fleur de mon printemps,
Que n'ai-je, à mes lois asservie,
La fortune aux dons séduisants ;
Du plaisir les douces ivresses
Viendraient te bercer tour-à-tour...
Je n'ai pour toi que des caresses,
Je ne suis riche que d'amour.

Pour toi, souriante à toute heure,
Eveillant tes rêves chéris,
L'art gracieux de ma demeure
De fleurs ornerait les lambris ;
Mes yeux parfois perdraient ta trace
Sous l'ombrage au discret détour...
Viens près de moi, le froid te glace,
Je ne suis riche que d'amour.

Puis, dans la blonde chevelure,
Pour éclairer ton front charmant,
Scintillerait, blanche parure,
Une étoile de diamant.
A toi des bijoux, des merveilles,
Reine du bal, brille à ton tour !
Ton front pâlira sous les veilles,
Je ne suis riche que d'amour.

Oh ! tu serais la Providence,
Que Dieu sur terre fait briller !
Aux reflets de ton opulence
Du pauvre égayant le foyer ;
L'écho redirait la prière
Qui te bénirait chaque jour. .
De l'âtre pâlit la lumière,
Je ne suis riche que d'amour.

LES CHEVEUX BLANCS DE BÉRANGER.

Ah ! trop longtemps c'est garder le
    silence,
Pourquoi ton luth ne résonne-t il plus?

Reprends ta lyre, et qu'elle recom-
  mence
Ses doux accords pour elle inter-
  rompus.
Ta muse, loin de s'être refroidie,
Réchaufferaient nos cœurs par ses ac-
  cents !
Une chanson pour ta belle patrie !
On peut chanter encore en cheveux
  blancs ?

Dans l'atelier et dans chaque cham-
  brette,
De toi, sais-tu ce que partout l'on dit?
« Heureux le temps où la main de
  Lisette
« Raccommodait son pauvre et seul
  habit !
« En écrivant aux pieds de son amie,
« Il y trouvait mille refrains char-
  mants »
Une chanson pour ta belle patrie !
On peut chanter encore en cheveux
  blancs !

A son déclin le soleil se colore,
De ces rayons purs qui charment nos
    yeux ;
Nous l'admirons à sa brillante aurore,
Nous l'admirons encor quittant les
    cieux !
Demande-t-on son âge au vrai génie ?
Les muses ont un éternel printemps
Une chanson pour ta belle patrie !
On peut chanter encore en cheveux
    blancs !

C'est la chanson présente à ton bap-
    tême
Qui te berça, pauvre petit enfant !
Ajoute encore à son beau diadême
Quelques fleurons. Oui, sois recon-
    naissant !
Le cœur du peuple est plein de poésie
Et rien ne vaut ses applaudissements
Une chanson pour ta belle patrie !
On peut chanter encore en cheveux
    blancs !

MES VINGT ANS.

J'avais vingt ans que les yeux d'une
    femme ,
Qu'un mot d'amour fesait battre mon
    cœur ;
Pour être aimé j'aurai vendu mon
    âme ,
Et de mon sang j'eus payé ce bonheur.
Je vous croyais mesdames toutes
    belles ,
Je confondais l'automne et le prin-
    temps ,
Je vous croyais aussi toutes fidèles.
Que je voudrais avoir encore vingt ans.

Les femmes sont changeantes comme
    l'onde ,
Quand je l'appris je n'avais plus vingt
    ans ;
Je fus trompé par la brune et la
    blonde.
Un rien, un souffle emporta le serment.

Moi qui croyais, mesdames dans mes
    songes,
Que votre amour était des plus con-
    stants,
Serment d'amour hélas ! n'est que
    mensonge.
Que je voudrais avoir encore vingt ans,

De la beauté je chante les louanges.
J'avais vingt ans, je les chantais tou-
    jours;
Mais si j'ai cru n'adorer que des anges,
Maintenant j'aime et chante les
    amours.
Tout compte fait, oui vous êtes ai-
    mantes,
Et vos attraits mesdames, sont sédui-
    sants.
Plus je vieillis, plus je vous vois
    charmantes
Que j'ai regret de n'avoir que vingt
    ans.   bis.

LE BRAVO.

La foudre sourdement, gronde dans
    la nuit sombre
L'orage avec fracas , se déchaîne en
    fureur ;
N'importe il faut marcher en me trai-
    nant dans l'ombre
Semer sur mon chemin , l'épouvante
    et l'horreur ,
Allons masque infernal du pur droit
    de vengeance.
Voilà tout œil, les traits du vivace
    Billot ,
Et toi, poignard mouillé du sang de
    l'innocence ,
Arme. arme la main sanglante du
    bravo.   bis.

Affreux conseil des dix, ordonne à ton
    sicaire ,
Depuis cinq ans entiers, Pedlo le fran-
    cisquain ,

Afin de te payer la liberté d'un père,
Chaque nuit exécute un arrêt assassin.
Qui me faut-il frapper? j'entends c'est
    une femme,
Une femme, ô mon père, il faut mon
    couteau ;
La pitié ne doit point se glisser dans
    mon âme,
Arme encore la main sanglante du
    bravo.   bis.

Pauvre âme, sous son toit règne un
    profond silence
Entrons je l'aperçois, que d'attraits
    de fraîcheur !
La voilà sous ma main, sur elle je
    m'élance,
C'en est fait elle n'est plus, mais que
    vois je ma sœur !
Ma sœur par moi frappée, ô crime
    épouvantable !
De mon sang aujourd'hui je deviens
    le bourreau.
Répands sur moi une voix charitable,
Tranche, tranche les jours exécrés du
    bourreau.   bis.

UN SEUL AMOUR ,

OU L'ORPHELINE DÉLAISSÉE.

Pauvre orpheline, errante sur la terre,
Un seul amour avait rempli mon cœur,
Mais le destin, par un ordre sévère,
Vint m'enlever ce rayon de bonheur.
Ah ! sans espoir, il faut que je suc-
    combe
Loin de l'ingrat que tendrement j'ai-
    mais ,
Son souvenir me suivra dans la tombe,
Car mon amour ne tarira jamais.

A mon chevet ce bouquet qui se fane
Est le dernier gage de ses amours ;
Ah ! pourquoi donc, de sa bouche
    profane ,
Sortir ce mot : je t'aimerai toujours.
Comme une fleur, hélas ! s'effeuille et
    tombe ,
Crédule enfant pour celui que j'ai-
    mais ,

Je vais bientôt descendre dans la
   tombe,
Mais mon amour ne tarira jamais.

Ciel! il me voit, cachons-lui, mes
   alarmes,
Car loin de moi peut-être il en rirait,
C'est déjà trop d'avoir flétri mes char-
   mes
Par un dédain que mon cœur ignorait.
Dérobons-lui cette larme qui tombe,
Au souvenir d'un ingrat que j'aimais,
Je vais bientôt descendre dans la
   tombe,
Mais mon amour ne tarira jamais.

Rêve doré de ma folle jeunesse,
Que je prenais pour la réalité,
Et qu'en mon cœur malgré moi je
   caresse,
Envolez-vous pour toute éternité.
Vous le voyez, il faut que je succombe,
Mais dites bien à celui que j'aimais,
Qu'un jour ces pleurs arroseront ma
   tombe,
Car mon amour ne tarira jamais.

BÉLISAIRE.

Sur les ruines d'un temple antique
Se tenait un noble guerrier ,
Offrant à la pitié publique
Un front usé par le laurier.
Nul ne connaissant cet homme ,
L'illustre défenseur de Rome ,
Un peuple avide l'entourait ,
Lui dans sa honte il murmurait.

REFRAIN.

Passant, toi, qui vois ma misère,
Donne une obole à Bélisaire.

Qu'ai-je fait de cette puissance ,
Dont mon fol orgueil s'énivrait,
Où donc est cette foule immense ,
Que ma renommée attirait ;
Moi qu'on appelait l'intrépide ,
Un enfant maintenant me guide,
Richesse, honneur, tout a péri ,
Ma tête même est sans abri.
Passant, etc.

Au service de la patrie,
Que de fois j'ai versé mon sang,
La guerre a refusé ma vie,
J'étais pourtant au premier rang.
A toi, grand Dieu ! je m'abandonne,
Encore quelques jours à souffrir,
A mes ennemis je pardonne,
Un soldat sait comment mourir.
            Passant, etc.

SOUVENIR DE DIX-HUIT ANS.

Air du retour des chansons.

Comme une fleur ma jeunesse a passé
Comme une fleur qui brille quelques
      jours.
Mais dont la trace est bientôt effacée,
Ah ! la beauté ne dure pas toujours.
Oui, moi, j'étais la reine du village
Je m'en souviens de ces trop courts
      instants ;
Ah ! bien des fois j'ai dansé sous
      l'ombrage,
Oui, mes enfants quand j'avais dix-
      huit ans.   (bis).

Tout enivrait mon cœur de jeune fille,
Je ne voyais dans tout que du bonheur,
Chacun m'aimait et me trouvait gen-
tille ,
Chacun vantait ma bonté , ma dou-
ceur.
Et le plaisir se montrait à mon âge
Comme à l'oiseau le retour du prin-
temps.
Ah ! bien des fois , etc.

Jours de bonheur , alors j'avais ma
mère
Qui me paraît en disant quelquefois :
De tout plaisir la coupe est éphémère
Auprès de moi reste pour cette fois;
Mais j'imitais le papillon volage.
Je la quittais , hélas ! tout n'a qu'un
temps,
Ah ! bien des fois, etc.

CONSOLATION.

Tourne vers moi tes yeux, ô ma belle
    Marie,
Qu'un long regard d'amour vienne me
    ranimer,
Quand on est exilé, sans amis, sans
    patrie,
Hélas ! pour vivre encor on a besoin
    d'aimer.   (bis.)

Quand j'errais loin des bords où je
    reçus la vie,
Fuyant ces lieux chéris sans espoir de
    retour,
Au proscrit fugitif, toi seule, ô mon
    amie,
Murmura les doux mots d'espérance
    et d'amour.

Cachons-nous bien aux yeux de la foule
    importune,

Que ses regards ne viennent jusqu'à
    moi,
Je veux fuyant ici les coups de la for-
    tune,
Près de toi vivre heureux et mourir
    près de toi.

LA CROIX D'HONNEUR.

Oh ! ne pleurez pas davantage,
Ma mère, c'est trop m'attrister ;
Laissez-moi du moins le courage
Qu'il faut avoir pour vous quitter.
Peut-être un jour sur ma poitrine
La croix des braves brillera,
Priez, priez, Dieu me protégera.
Allons, ne soyez plus chagrine,
Mère, votre fils reviendra,
Allons, ne soyez plus chagrine,
Mère, votre fils reviendra.

Longtemps après couvert de gloire,
Un soldat blessé, mais vainqueur,
Reçut au champ de la victoire
L'étoile, signe de l'honneur.

Mais soudain, ô douleur amère !
Voyant approcher son trépas,
A ses amis il dit : hélas !
Portez cette croix à ma mère,   bis.
Son fils ne la reverra pas.

L'un d'eux accomplit sa prière,
Oh ! comme alors son cœur battit ;
Quand il fut près de la chaumière
D'où le pauvre soldat partit.
En tremblant il frappe à la porte ;
Une femme aux traits amaigris
Se présente et jette des cris ;
Elle a vu la croix qu'on rapporte ;
Et meurt en s'écriant : mon fils, mon fils,
Elle a vu la croix qu'on rapporte ;
Et meurt en appelant son fils.

FIN.

TABLE.

Fin de la Table.

www.ingramcontent.com/pod-product-compliance
Ingram Content Group UK Ltd.
Pitfield, Milton Keynes, MK11 3LW, UK
UKHW021746090726
13657UKWH00002B/952